GUILLERMO MURRAY

LOS AZTECAS PARA NIÑOS

CUENTOS Y LEYENDAS DE CIUDADES Y ANIMALES

SELECTOR
actualidad editorial

Doctor Erazo 120
Colonia Doctores   Tel. 55 88 72 72
México 06720, D.F.   Fax. 57 61 57 16

LOS AZTECAS PARA NIÑOS/ CUENTOS Y LEYENDAS DE
CIUDADES Y ANIMALES

Ilustración de interiores: Humberto Hernández Blancas
Diseño de portada: Carlos Varela

Copyright © 2002, Selector S.A. de C.V.
Derechos de edición reservados para el mundo

ISBN-13:978-970-643-543-9
ISBN-10:970-643-543-3

Décima Sexta reimpresión. Septiembre de 2010.

NI UNA FOTOCOPIA MÁS

Características tipográficas aseguradas conforme a la ley.
Prohibida la reproducción parcial o total de la obra
sin autorización de los editores.
Impreso y encuadernado en México.
Printed and bound in México

Contenido

Introducción....................................7

Primera parte
Cuentos y leyendas de ciudades
El largo viaje de mis antepasados.................11
Las tunas (Copilco)..............................19
La fundación de México Tenochtitlan..............23
El jardín de México:
de visita en Xochimilco..........................29

Segunda parte
Relatos y leyendas de animales
El xoloitzcuintle................................37
Las manchas del ocelote..........................43
El cenzontle (el de las
cuatroscientas voces)............................49
¡A bailar la culebra!............................53

Tercera parte
Cuentos y leyendas de la tierra

Los volcanes: leyendas de amor
de Popo e Itza..................................59
Otra hermosa leyenda de
nuestros volcanes..............................63
La leyenda del tulipán........................67
La flor del alcatraz............................73
La leyenda del cempasúchil.................79
La mitología azteca fue rica y variada...........85

Cuarta parte
Historias de dioses, hombres y mucho más

Huitzilopochtli..................................91
Quetzalcóatl.....................................95
Escrito en un códice..........................101
Los regalos de los aztecas al mundo...........107

Quinta parte
Vida cotidiana y algo más

Un día en la vida de un (pilzintli) niño pequeño azteca..115

Introducción

Hola, amigos. Me llamo Xóchitl y soy una niña que vive en el Distrito Federal, la ciudad más grande del mundo y capital de mi país, México.

Me gustaría contarles algunas historias de mis antepasados, los aztecas. Voy a relatarles cuentos y leyendas del ayer, de cómo vivieron y qué hicieron quienes vivieron antes que yo.

Me gusta mucho recordar mi pasado, porque –así lo dicen mis mayores– no debemos olvidar de dónde venimos.

Acompáñenme en este viaje, les aseguro que la narración de estas historias les va a gustar tanto como a mí.

Primera parte

Cuentos y leyendas de ciudades aztecas

El largo viaje de mis antepasados
❖❖❖

Esta es la historia del origen de mis antepasados, los aztecas: Cuando los tatarabuelos de tus tatarabuelos –y de los míos– no habían nacido aún, los amurios, una tribu asiática que habitaba al sur de Siberia, cerca del río Amur, tuvieron necesidad de emigrar. En su migración, los amurios consiguieron pasar por lo que ahora es conocido como el estrecho de Behring y llegaron a las tierras que hoy forman Alaska. Fíjate en un mapa y verás...

En aquel tiempo podía cruzarse a pie por ese sitio porque el mar estaba congelado. Hoy es imposible hacerlo porque el mar separa a los dos continentes, Asia y América.

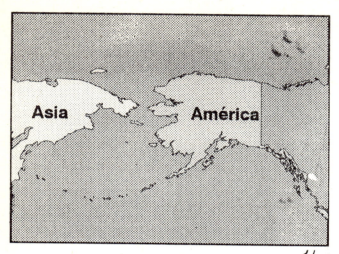

Primera parte

Luego de cruzar por el estrecho de Behring, la tribu recorrió lentamente Alaska y Canadá, pero como hacía mucho frío en esa zona, sus descendientes, es decir, los hijos y los nietos de los amurios, fueron avanzando poco a poco hasta llegar a nuestra tierra, la tierra mexicana. De esto hace unos 20 mil años.

Todo lo que veían entonces era nuevo para ellos: plantas, animales y paisaje. Encontraron nopales y magueyes, árboles gigantes en las selvas y las hermosas orquídeas. América los deslumbraba.

Mis antepasados eran en realidad cazadores, pero como ya se estaban extinguiendo los grandes mamíferos tuvieron que dedicarse a la recolección para no morir de hambre. Esto significa que tuvieron que buscar frutos, plantas y semillas comestibles. De allí a ser agricultores había sólo un paso. Y lo dieron. Para ello, dejaron su vida viajera y decidieron establecerse en algún lugar: es decir, se hicieron sedentarios.

Cuando mis antepasados recolectores eran todavía nómadas se alimentaban con tunas, nopales, pitayas, biznagas y chiles, que luego aprendieron a cultivar. Fíjate que antes de saber cómo sembrar nopales, frutas y legumbres los mexicanos ya los comían en abundancia. Para algunos pueblos estas plantas y en especial los nopales (*nochtli*, en náhuatl, lengua de los aztecas) fueron tan importanes que los consideraban un regalo de los dioses, e incluso, los dioses mismos.

Ahora bien, muchos siglos antes de la llegada de los aztecas a la tierra del Anáhuac, que después sería la capital de nuestro país, otros pueblos y tribus habían construido y habitado hermosas ciudades, como Teotihuacan, que está en el centro de México, o Tenayuca, ubicada al norte de lo que hoy es el D.F. Entre los descendientes de estos primeros pueblos, en el Valle de México estuvieron los xochimilcas, los texcocanos, e incluso, un grupo de guerreros conocidos como tlaxcaltecas.

Nuestra historia comienza cuando los chichimecas dominaban en un territorio que abarcaba desde el centro de México hasta lo que hoy es el sur de los Estados Unidos, es decir, dominaban la Gran Chichimeca. En ese entonces, mis antepasados comenzaron a peregrinar en busca de tunas.

Éste es un dato importante, recuérdalo,

Primera parte

pues así comprenderás por qué los antiguos aztecas partieron de Aztlán para buscar un nopal encantado y fundar la Ciudad del Nopal Sagrado —que es lo que significa Tenochtitlan: *Te* quiere decir "piedra divina"; *nochtli*, "nopal" y *tlan* significa "lugar"–.

La llegada de los primeros aztecas al Valle de México no fue bien vista, no se les recibió con agrado; por el contrario, quienes habitaban el valle los vieron como lo que eran: guerreros salvajes. Por supuesto, quisieron eliminarlos de inmediato, por lo que sólo les dieron oportunidad de vivir en tierras inhóspitas, llenas de culebras y alimañas. Pero los aztecas eran fuertes y sobrevivieron, pues sabían que ellos iban a fundar la ciudad mágica, el ombligo del mundo: México Tenochtitlan, mi ciudad.

Cuenta la leyenda que los aztecas, "el pueblo cuyo rostro nadie conocía" –porque eran guerreros que se pintaban las caras con colores oscuros–, tuvieron que salir de nueva cuenta del Valle de México o del Anáhuac. Salieron para alejarse de sus perseguidores, quienes hasta entonces habían sido sus dueños y a quienes debían entregar todo cuanto producían: pescado, algas secas, tortas de larva de mosquitos, yerbas, tamales de carne de gusano de maguey y hasta los patos que cazaban.

Nuevamente se internaron en la Gran Chichimeca y comenzaron, otra vez, a peregrinar, alimentándose en su viaje con nopales y tunas. Caminaron más allá de Tula y llegaron a un sitio llamado Chicomoztoc, o Lugar de las Siete Cuevas, en la región de Aztlán –lugar donde habitan las garzas–. Allí fue que nació su líder, Huitzilopochtli. También se le conoce con el nombre de Mexitli, por lo que luego nuestra ciudad fue conocida como México y nosotros, como mexicanos.

Mexitli o Huitzilopochtli al ver el hambre y la miseria de su pueblo, les dijo que debían salir de allí en busca de un lugar mejor, donde fundarían una gran ciudad.

Los aztecas salieron de Aztlán y comenzaron entonces una caminata larga y azarosa. Huitzilopochtli murió y se convirtió en dios, pero en un dios terrible y castigador, que mandaba a escarmentar al que se detenía. Quizá por ello, el pueblo de los aztecas o mexicas dejó de ser recolector para convertirse, poco a poco, en una nación de feroces guerreros.

Primera parte

Pasaron muchos, muchos años, y los aztecas siguieron caminando incansablemente, pues Huitzilopochtli les había dicho:

—Tendrán que hallar en la tierra del nopal un nopal mágico… Un nopal de piedra. Un nopal sagrado. Arriba del nopal encontrarán tres flores rojas. Sobre sus pencas, un águila. Y esta ave estará devorando una serpiente. Cuando lo encuentren, deberán establecerse ahí y sólo ahí.

Así fue como continuó el largo viaje de mis antepasados, desde el norte de México al centro del país, desde el centro hacia Aztlán y, finalmente, de aquella región maravillosa hasta el lago de Texcoco, siempre fueron guiados por su dios, Huitzilopochtli, en la búsqueda del nopal sagrado.

Ahora te contaré cómo es que nació ese nopal que hoy puedes ver en el Escudo Nacional que adorna el centro de la Bandera Mexicana, ¿quieres saberlo? Lee entonces la historia que viene a continuación.

Las tunas (Copilco)

❋❋❋

Como el nopal es la planta más conocida de México es lógico que existan muchas leyendas en torno a esta cactácea. Entre sus leyendas, la de Copil es una de las más hermosas.

Copil era hijo de una mujer de nombre Malinxóchitl, y nació cuando los aztecas iban en busca de Tenochtitlan, durante su larga marcha. La madre de Copil siempre caminaba a buen paso; sin embargo llegó el día en que comenzó a padecer los dolores del parto. Se sintió tan cansada que les dijo a todos que ya no quería caminar más.

—Ésa es una falta muy grave —le dijo uno de los sacerdotes aztecas—. Por esta acción, serás abandonada por Huitzilopochtli.

A ella no le importó la advertencia y se quedó atrás. No la abandonaron pero en cuanto nació su hijo, Copil, recibió un castigo: fue separada de la tribu de los mexicas.

Después de eso, el odio contra sus hermanos creció tanto en su corazón que se dio a las malas artes, convirtiéndose entonces en una hechicera. Tanto odiaba a los aztecas que comenzó a criar toda clase de animales ponzoñosos para enviárselos y así matarlos a todos.

Con resentimiento crió a Copil, su hijo. Y alimentó los malos deseos del muchacho cuando éste creció:

—Acaba con los mexicas, Copil. Ellos son gente perversa.

Decía Malinxóchitl. Y su hijo le hizo caso. Copil creció con este sentimiento y, cuando fue mayor de edad, se alió con los texcocanos, con quienes planeó tender una emboscada para acabar con los aztecas.

Sin embargo, el dios Huitzilopochtli, advertido por sus hermanas –las estrellas y la Luna–, descubrió el maligno plan de Copil y se los hizo saber a sus queridos hijos, los aztecas, a través de un canto como de colibrí.

—Cuídense en la mañana, porque vendrán a atraparlos —les dijo—. Uno de ustedes, que ya no es su hermano, los traicionará.

Y así, en lugar de ser sorprendidos, fueron los aztecas quienes consiguieron apresar a Copil, el traidor.

Como prisionero de guerra, su sentencia era la muerte y su corazón debía ser ofrendado a Huitzilopochtli en sacrificio humano.

—Yo no quiero el corazón de un traidor —les hizo saber el dios Huitzilopochtli.

Entonces, los aztecas tuvieron que tirar el corazón de Copil al lago. No sabían que Huitzilopochtli quería ese corazón humano para alimentar las semillas de un nopal, el *tenochtli*, de cuya tuna divina iba a nacer, precisamente, el corazón de Tenochtitlan, para que se acabara así la oscuridad en la tierra y naciera la ciudad sagrada.

Así que cuando comas una tuna, ¡ten cuidado, no te espines la mano! Y recuerda: ese es el corazón sangriento de Copil.

Por cierto, hoy se recuerda a Copil en la región de Copilco, que se encuentra cerca de Ciudad Universitaria, en la Ciudad de México.

La fundación de México Tenochtitlan
❋❋❋

Ésta es mi historia favorita:
Como ya sabes, los aztecas, procedentes de un lugar del norte de México llamado Aztlán, iniciaron una larga marcha en busca de un sitio adecuado para instalarse. Fue muy difícil su andar, pero los alentaba su dios, el gran Huitzilopochtli. La larga marcha comenzó a mediados del siglo XIII, es decir, por el año 1250, y concluyó el día 18 de julio del año 1325 de nuestra era. Mucho tiempo, ¿verdad?

Durante ese largo periodo caminaron sin descanso. Al llegar al valle de México, se encontraron con poderosas tribus ya establecidas en el lugar desde hacía siglos; esas tribus los trataron muy mal, pues los aztecas o

mexicas se veían hambrientos y cansados, sucios y tristes, pues no encontraban el símbolo sagrado para fundar su ciudad capital.

Claro, no todos los despreciaron: el rey de los culhuacanos los recibió y los hizo sus amigos –de allí que a los aztecas también se les conozca con el nombre de mexicas colhuas–. Encontraron refugio en el cerro de Chapultepec, donde lo único que había para comer eran chapulines, luego tuvieron que ir a vivir a Tizapán, un lugar infestado de alacranes y serpientes ponzoñosas. Los aztecas se comieron las víboras y según la leyenda, fue por ello que se convirtieron en caballeros águila, pues sólo las águilas devoran serpientes.

Ahora bien, como su dios, el sanguinario Huitzilopochtli, les pedía sacrificios humanos para que se pudiera cumplir el destino de encontrar el lugar sagrado, mis antepasados se prepararon para la primera de las que luego serían conocidas como "Guerras Floridas".

¿Se tiraban flores? No. Hacían estas guerras para tomar prisioneros que luego ofrendaban al dios. Los que eran capturados, eran sacrificados.

En esa ocasión antes de ir a la batalla, los aztecas le pidieron al rey de Culhuacán, Achicometl, que les prestara a su hija para convertirla en diosa y tener así un buen augurio para comenzar la guerra.

—Será un honor que mi hija se convierta en diosa —les dijo el orgulloso padre, quien muy lejos estaba de imaginarse que los aztecas la sacrificarían y la despellejarían, pues con su piel debía vestirse el sacerdote para propiciar la victoria en los combates.

—Los aztecas invitaron entonces a Achicometl a la fiesta en la que una mujer era convertida en diosa o Yaocíhutal. Cuando se dio cuenta del crimen que iba a cometerse, Achicometl se enfureció tanto que dijo:

—¡Guerra a los aztecas! No debe quedar uno solo sobre la faz de esta tierra.

La guerra fue a muerte y como los aztecas eran pocos, tuvieron que huir de los ofendidos culhuacanos. Fue así que sucedió el milagro, dice la leyenda.

Estaban a las orillas del lago de Texcoco cuando vieron a un ave que no cesaba de piar:

— *Tihui, tihui*—que en náhuatl significa "vamos, vayamos" —.

—¿Qué debemos hacer? —preguntaron a uno de sus sacerdotes.

—Seguirla, es la voz de nuestro guía —les contestó el sacerdote.

El pájaro sagrado los condujo entonces hasta una roca que sobresalía de entre las aguas de un lago, allí vieron una planta de nopal con rojas flores en sus artículos o pencas. Poco después, llegó un águila y descubrieron que devoraba a una serpiente; el águila los miraba.

—¡El símbolo! —gritaron a coro—. ¡Hemos llegado!

Estaban en lo que hoy es el centro de la Ciudad de México. Su jefe, Tenoch, les recordó que esto era lo que estaban buscando, así que allí fundaron la ciudad: la gran Tenochtitlan.

Es por esto que nosotros, los mexicanos, orgullosos de nuestro pasado, adoptamos el símbolo del águila y la serpiente en nuestra bandera, en nuestro escudo y aun en las monedas.

El jardín de México: de visita en Xochimilco

¿Sabías que la antigua Ciudad de México, la gran Tenochtitlan, fue edificada sobre varias islas en medio de un lago? Los aztecas se quedaron a vivir en la zona señalada por el nopal, el águila y la serpiente. Pero como estaba inundada, debieron aprender a construir islas flotantes, a las que llamaron *chinampas*.

Las chinampas son terrenos artificiales, construidos por la mano del hombre, empleando las orillas de los lagos poco profundos que rodeaban Tenochtitlan.

Una de las regiones de chinampas más famosas –y que ha sobrevivido– es la del lago de Xochimilco.

Primera parte

¿Quieres saber cómo la hicieron?

Los mexicanos de aquella época colocaban plantas acuáticas y paja para formar la base de la chinampa. Luego ponían una capa de lodo y tierra encima de lo anterior y, luego, otra capa de plantas. Así seguían hasta formar un pedazo de terreno o parcela que podía cultivarse. Por arriba de todo, colocaban un último manto de lodo extraído del fondo del lago.

Allí sembraban maíz, frijol, calabaza, chile y hasta flores. Y no tenían que regar, porque la chinampa quedaba flotando como una balsa y las raíces de las plantas alcanzaban a tocar el agua. Así podían tener varias cosechas al año, sin depender de las lluvias. ¡Eran muy inteligentes!

El sistema de cultivo en chinampas les permitió alimentar a muchas personas y llegar a ser un pueblo muy fuerte, tanto que durante siglos se convirtieron en los dominantes.

En Xochimilco todavía hay chinampas. Claro que las parcelas ya no flotan, pues con el correr del tiempo se han convertido en islas de verdad… Pero las puedes visitar desde el agua, el paseo por este hermoso lugar consiste en subirse a una barca de fondo plano y alargado llamada *trajinera* o chalupa.

Al llegar, verás que cada trajinera tiene su nombre escrito en letras muy grandes, las letras están hechas con flores. Puedes leer "Viva Lupita", "María Bonita" y otros nombres por el estilo.

Las trajineras se mueven gracias a que en la parte posterior va un señor provisto con un palo muy largo, llamado pértiga, que sumerge y apoya en el fondo del canal de agua y así avanza.

Xochimilco está lleno de islas y canales, los cuales llegan a ser muy profundos.

Ir de paseo a Xochimilco es muy bonito, porque desde tu silla de la trajinera puedes ver el paisaje a los lados. En las islas hay árboles, vacas, cultivos de maíz, lechuga y muchas flores. Gran cantidad de patos y peces en los canales. Los patos se acercan por un trozo de pan o de tortilla. También hay vendedores ambulantes. Todos tienen sus trajineras y se acercan a la tuya a ofrecerte maíz cocido, tacos de arroz, ramos de flores, una fotografía o una manta o sarape.

Las trajineras más divertidas son las de los músicos llamados mariachis. Si les pides

Primera parte

una canción, acercan su trajinera a la tuya y te acompañan cantando y tocando "La Adelita", "Cielito Lindo" y otras famosas canciones mexicanas.

Xochimilco ha sido declarado Patrimonio Cultural de la Humanidad, esto significa que es algo tan hermoso y valioso, que todos debemos cuidarlo… Sí, es un gran regalo de los aztecas al mundo.

Segunda parte

Relatos y leyendas de animales

El xoloitzcuintle
❖❖❖

¿Qué es un *xoloitzcuintle*? ¿Tú lo sabes? Claro, si vives en México, habrás adivinado que se trata del famoso perrito pelón.

La primera vez que yo vi un xoloitzcuintle pensé que se trataba de un animal muy raro, creí que era un animalito que sufría de alguna enfermedad de la piel, porque aunque tiene todo el aspecto de un perro común, no sólo no tiene pelo, sino que tampoco ladra. Luego me contaron que sí es un perro, pero un perro raza mexicana pura que vive aquí hace más de dos mil años. Los xolos más famosos de la Ciudad de México son los que tiene la señora Dolores Olmedo, quien fue amiga del pintor

mexicano Diego Rivera. Él también tenía varios xolos como mascotas, pues a su esposa, la también pintora Frida Kahlo, le encantaban, tanto, que pintó a varios de ellos.

La mascota preferida del matrimonio Rivera-Khalo se llamaba "Señor Xolo", y era famoso porque un día se hizo pipí sobre una de las pinturas recién terminadas de Diego Rivera. Dicen que éste, en lugar de regañarlo, se puso a reír y dijo que ese perro era su mejor crítico de arte. Doña Dolores Olmedo fundó un museo donde tiene una excelente colección de xolos, aunque de cerámica. Sin embargo, allí no termina su afición: se ha dedicado también a la cría de este perrito mexicano. Los que visitan el museo situado en La Noria, al sur del Distrito Federal, pueden ver a una manada de ellos corriendo o durmiendo la siesta. Se dejan acariciar por cualquiera, pues el xoloitzcuintle tiene muy buen carácter y es cariñoso con los niños. Eso sí, al tocarlos se siente raro porque su piel es lisa, caliente y sensible al tacto porque no tienen pelo.

Ciertas variedades de xolo tienen algo de pelo en la cabeza, a modo de un fleco o mechón, otros tienen pelo en la punta de la cola, pero la mayoría son totalmente lampiños; es decir, bien pelones. Se puede ver su piel de color oscuro, que va del negro al gris, aunque hay perritos con manchas, e inclusive, unos muy raros de color blanco. Como transpiran muy poco, no necesitan jadear ni sacar la lengua como hacen los demás perros.

Ahora bien, aunque los xoloitzcuincles son originarios de África, viajaron hasta Asia con las tribus de hombres nómadas y luego llegaron a América junto con los primeros pobladores. Desde entonces, el xolo fue criado sólo en este continente y tiene parientes cercanos en Perú. Se sabe de ellos porque las diferentes culturas que habitaron ese país de América del Sur –culturas como la mochica y la chancay–, dejaron hermosas figuras de barro que representan perritos pelones.

Los antiguos mexicanos los tenían como mascotas, los criaban en sus casas y palacios para jugar con ellos; sin embargo, también se los comían, una vez que estaban bien gorditos.

Cuando llegaron los españoles de inmediato eliminaron esta costumbre y llamaron a los aztecas "comedores de perros". Entonces la cría y posesión de estos animalitos cayó en des-

Segunda parte

uso, pues ya nadie podía tener xoloitzcuincles en su casa.

A principios del siglo pasado la gente volvió a interesarse por ellos. Hoy día, se venden a muy altos precios y tener un xolo es señal de distinción y amor a las tradiciones de México. Esto lo sé porque yo tengo uno que se llama Tenoch. Es la mejor mascota del mundo.

Las manchas del ocelote
❈❈❈

Cuenta una hermosa leyenda mexica que hace mucho tiempo, cuando los hombres no habían iniciado su peregrinaje desde Aztlán, habitaba en el centro de México un hermoso animal: el ocelote. Su piel era toda dorada y suave al tacto, sus ojos oscuros y tenía un carácter suave; trataba bien al resto de los animales. No se alimentaba de ellos, pues prefería comer los frutos y las raíces de diversas plantas.

Su ocupación favorita, luego de tomar agua en las orillas del lago, era tenderse en la hierba y mirar atentamente al cielo. Una a una veía salir a todas las estrellas. Las conocía por su nombre y ubicación en el espacio; así, sabía de *Citlalpul* (Venus), de Orión y de

Nauhxihuitl o Cruz del Sur. Le gustaba tanto verlas, que se consideraba su amigo y guardián. Pero a quien amaba y veneraba en verdad era a la señora *Meztli*, la hermosa Luna.

Sucedió que una de tantas noches en que contemplaba extasiado la belleza del cielo, vio aparecer una estrella refulgente con una larga cauda o cola.

—Una intrusa —pensó.

Le pareció que en realidad deseaba opacar con su belleza a la propia Luna, y detestó a la nueva estrella, a la que comenzó a vigilar de cerca, noche tras noche.

Cada vez se acercaba más a la Tierra y su brillo era más y más intenso, su cola parecía no tener fin, era como si quisiera ocupar todo el cielo.

La noche siguiente, mientras veía sin parpadear a la nueva estrella, el ocelote escuchó la voz de Citlalpul que le decía:

—Hermano ocelote, todas las noches te he observado y creo adivinar lo que siente tu corazón: esta hermosa forastera se siente muy a gusto en nuestro universo, ¿verdad? —oyó que le preguntaba Venus—. Pero no te preocupes, así como llegó, también desaparecerá —le dijo.

—No me agrada que la forastera sea más grande y luminosa que su señora Meztli, la reina de la noche —le contestó el ocelote. Y casi sin pensarlo, gritó:

—Escúchame, señora, tú, la nueva estrella. No me agrada que estés en el mismo cielo que mi amada Luna y mis hermanas, las estrellas. Quiero que te alejes de una vez y para siempre —le exigió, cansado de la presumida.

—¿Quién eres tú para hablarme de esa manera? ¿No sabes que estoy aquí para que admires mi belleza, y no para que me ofendas con tus necias palabras? —le contestó la nueva estrella.

—Soy el ocelote y no te tengo miedo. Tú no eres la señora del cielo y yo jamás te adoraré. Eres una intrusa —le dijo el animal, enojado, mientras echaba destellos por sus ojos.

Dice la leyenda que, entonces, el cometa, que era a quien el ocelote creía una estrella intrusa, parpadeó, enojadísimo.

—Ahora verás —le dijo. Y sin pensarlo dos veces, arrojó flechas y piedras de fuego de su cola para castigar a quien se atrevía a insultarlo.

Todo fue tan rápido e inesperado que el ocelote no tuvo tiempo de buscar refugio en su cueva. Algunas chispas de fuego alcanzaron la piel del animal, que aulló de dolor. Grandes manchas negras aparecieron entonces en ella.

—¡Así aprenderás a no insultar a Citlalmina, la estrella que tira flechas —contestó ofendida, y luego se alejó para siempre.

El ocelote estuvo varios días escondido en su cueva. Después, cada mañana despertaba y llegaba hasta las orillas de la laguna para verse reflejado en las aguas. Sin embargo, su piel jamás volvió a brillar con la antigua y hermosa tonalidad dorada.

Cuentan que no sólo cambió la piel del ocelote, sino también su carácter, pues desde su enfrentamiento con el cometa se volvió agresivo e inquieto, con temor a salir de su guarida. La diosa Meztli, la amada luna del ocelote, compadecida del sufrimiento de su fiel amigo y defensor, le otorgó la facultad de poder ver de noche. Es por ello que ahora duerme de día y busca su alimento sólo cuando su amada luna brilla en lo alto del cielo.

Así que ahora ya lo sabes, los antiguos mexicanos creían que las manchas del ocelote fueron hechas por un cometa, que fueron resultado del amor que sentía el gran gato mexicano por la diosa Meztli, amor que no gustó a Citlalmina, la estrella que tira flechas, el cometa.

El cenzontle
(el de las cuatroscientas voces)

❖❖❖

Tal vez no sea un pájaro de hermoso aspecto, pero el cenzontle canta como ninguna otra ave. Los aztecas lo apreciaban mucho, pues su trinar, decían, les alegraba el corazón. ¿Te gustaría conocer la leyenda de este singular animalito? Pon mucha atención.

En el reino de Tenochtitlan, hace muchos años, vivía un *pochteca* o mercader llamado Xomecatzin. Era muy trabajador y, por lo tanto, muy rico. Viajaba continuamente para comerciar con piedras preciosas, plumas y tejidos. Sus andares lo habían llevado inclusive hasta tierra de los mayas, muy lejos de su hogar.

Cierto día, le fue encomendado por el emperador llegar más allá del río Papaloapan –el río de las mariposas–, hasta la actual Tehuantepec, para ir en busca de finas mercancías. Partió una mañana, con una numerosa comitiva de *tlalamines* o cargadores esclavos. El viaje fue largo y cansado, pero finalmente, en una quieta noche, lograron cruzar el hermoso río.

Al desembarcar en la orilla los esperaba una oscura y enmarañada selva. Penosamente se pusieron en camino, pero algo los detuvo. De súbito, escucharon un trinar tan hermoso que sus corazones casi dejaron de latir por un momento. Sus ojos se abrieron aún más para tratar de ver en la oscuridad al pájaro que producía tan singular canto.

"Será el mejor regalo para mi señor", pensó inmediatamente Xomecatzin. Y sin hacer ruido, se dirigió hacia el claro de la selva, de donde venía el canto. Pero cual no sería su sorpresa al ver que quien cantaba de tan singular manera no era un pájaro, sino una bellísima joven. Ésta, al verlo, trató de huir como un pájaro asustado, pero el pochteca la atrapó entre sus fuertes brazos.

Segunda parte

Largo fue el camino de regreso a la gran Tenochtitlan. A medida que se iban acercando, el mercader cambió de idea. Seducido por la belleza de la joven, decidió tomarla por esposa. Pero la bella, desde que fue apresada, no había vuelto a cantar. Tampoco palabra alguna salía de su boca y su mirada era triste y oscura.

No podríamos decir que vivieron felices. La joven no hablaba y su esposo desesperaba día tras día. Deseaba que volviera a cantar, pero ni ruegos, amenazas, o costosos regalos lograron quitarle el mutismo a la joven. Y así pasaron los días.

Nuevamente Xomecatzin, el pochteca, tuvo que salir de viaje hasta más allá del Papaloapan. Hizo el mismo camino que hiciera cuando conoció a su esposa. La fue recordando y tan triste fue su ruta que, al cruzar el río y encontrarse en el mismo claro de la selva en que conociera a la joven, tomó la decisión de dejarla en libertad de regresar, no obstante su amor por ella.

Comprendió que la joven podría ser feliz sólo allí. Sin embargo, sin que él lo presintiera, los dioses le tenían deparada una sorpresa:

de repente, escuchó el dulce trinar que ya antes lo había impresionado.

—Cenzontle, "el de las cuatrocientas voces" — llamó.

Pero no era su mujer sino una insignificante avecilla la que así cantaba. Al acercarse él, el ave huyó para esconderse en lo más profundo de la selva.

De regreso a su casa, ansioso por darle las buenas nuevas a su amada esposa, lo recibieron sus esclavas para darle una triste nueva: la joven había muerto. Justo la misma noche y a la misma hora en que el pochteca había visto al pajarillo.

Todavía hoy nos sigue extasiando con su maravilloso canto. Pero ya lo sabes, no apreses a los pájaros, déjalos libres, que libre es su corazón, pues ellos como nosotros, vinieron al mundo a cantar. Tan sólo flor, tan sólo canto, eso es la vida: un trino que se aleja, pasajero, en la oscuridad.

¡A bailar la culebra!
❊❊❊

"La culebra" es un baile muy popular en el centro y norte de México, pues se dice que sus pasos o coreografía son una imitación de los movimientos que hacen los hombres para no dejar que ésta los pique.

Amantes de las culebras y de las víboras, los aztecas deificaron a una de ellas, la Serpiente Emplumada o Quetzalcóatl. Tomaron, además, las figuras y diseños de las escamas de estos animales como patrón para sus construcciones, esculturas y decorados.

Por supuesto, los antiguos mexicanos tienen una interesante leyenda sobre el origen de este animal, venerado por muchos, pero temido por los más. ¿Quieres que te la cuente?

En tiempos en que los xolos no tenían pelo —bueno, ahora tampoco, pero suena bonito em-

pezar un cuento así, ¿no crees?–, vivía en tierras tlaxcaltecas una princesa llamada Quiahualoxóchitl, o Flor de Lluvia.

Era muy hermosa, pero también era muy engreída y cruel. Su belleza le llevó a tener cientos de pretendientes, pero a todos les decía que sí y luego que no. Jugaba con sus corazones sin piedad, tal vez porque ella, aunque hermosa, no parecía tener sentimientos.

No tenía amigas ni mascotas, y a su paso hasta las flores se escondían en sus capullos por miedo a que les hiciera daño. Ella se creía la más hermosa de las hermosas.

Cierto día en que estaba más aburrida que de costumbre, tuvo una horrible idea: ¿por qué no hacer que todos sus pretendientes combatieran a muerte, para ver quién era el más digno aspirante a su amor? Pronto hizo realidad su deseo.

Uno a uno fueron cayendo príncipes, guerreros y nobles, hasta que no quedó nadie. Los habitantes del pueblo, horrorizados, acudieron al soberano para impedir que continuara la masacre. Éste ordenó que la cruel princesa fuera recluida en su palacio para que ya no tuviera más pretendientes ni muertos, a sus pies.

—Si me desobedeces, tendrás un cruel castigo —amenazó a la joven—. No saldrás de tu casa hasta que yo lo disponga. Y ahora, vete de mi vista —dijo el soberano.

Sin embargo, la malvada princesa fue a postrarse de rodillas ante su padre y le dijo que la culpa de todo la tenía el joven príncipe Azayactzin, quien la había calumniado porque ella no accedía a sus amores. El padre, quien no escuchaba más razones que las de su hija, retó a duelo al joven Azayactzin, con tanta mala suerte que ambos murieron en combate.

Entonces el rey, a quien le habían avisado de la muerte de su hijo, llegó al lugar y, al ver la sangre derramada, cayó de rodillas. Todo el pueblo se unió a su clamor, pidiendo un castigo para la malvada.

Sus ruegos fueron escuchados: la cruel Quiahualoxóchitl fue convertida por los dioses en culebra rastrera, condenada a perderse para siempre entre los altos pastizales.

Dicen que su crueldad no la abandonó, y que la acompañaba incluso en nuestros días, cuando sigue molestando y lastimando a todos los que se cruzan en su camino.

Tercera parte

Cuentos y leyendas de la tierra

Los volcanes: leyenda del amor de Popo e Itza
❈❈❈

Popocatépetl era el hombre más sencillo y bueno de corazón que el pueblo había conocido. Una tarde en que paseaba por un bosque de ahuehuetes –viejos del agua– vio pasar una comitiva formada por sacerdotes vestidos de negro. En medio de ellos caminaba una hermosa mujer que había venido desde tierras lejanas. Su nombre era Iztaccíhuatl, que significa "mujer pura, mujer blanca".

Popocatépetl, valiente guerrero, quedó perdidamente enamorado de esa mujer; no obstante sabía que el suyo era un amor imposible, pues ella era como la misma diosa de la pureza, y todo aquel que se atreviera a poner los ojos en la doncella recibiría un terrible castigo.

Tercera parte

Lo sabía y, por ello, se retiró a su chinampa a llorar y a soñar con la bella joven.

Muchos días estuvo pidiendo a los dioses que le enviaran la muerte o algún remedio para su mal. De pronto, se oscureció el cielo con el paso de una bandada de tecolotes, que eran considerados de mal agüero porque su paso precedía la muerte de alguien. Esos tecolotes fueron enviados por Huitzilopochtli, el dios de la guerra y del exterminio, para castigar el dolor apasionado del guerrero.

Al verlos, Popocatépetl cayó como dormido sobre las rojas amapolas, creyendo llegado su fin. Sin embargo, el rocío de la mañana lo hizo volver a la vida, y entonces escuchó un cántico extraño y lúgubre. Luego vio aparecer una chalupa en medio del lago, e iba seguida de otras pequeñas. En la primera, el guerrero vio a los sacerdotes rodeando un lecho de flores sobre el cual parecía dormir la más hermosa de las mujeres.

Impulsado por un oscuro presentimiento, fijó sus ojos en la joven muerta y descubrió que se trataba de la bella Iztaccíhuatl.

Popocatépetl sintió que su corazón se desgarraba, e inmediatamente se lanzó al lago para nadar detrás de la chalupa fúnebre, intentando así alcanzar a su amada. Finalmente, el guerrero pudo llegar a lo alto del monte a donde habían depositado el cuerpo de Iztaccíhuatl. Se aproximó en silencio a su amada y cayendo de rodillas, en medio del llanto y suspiros de dolor, cubrió de besos el cuerpo de la virgen, en un intento de devolverle la vida.

El dios de los infiernos, Mictlantecutli, al ver la profanación cometida por Popocatépetl, le lanzó una flecha que lo hirió en la frente, matándolo al instante. El cuerpo del guerrero cayó a los pies de su amada, y el dios quiso entonces apoderarse del cadáver del guerrero para consumirlo eternamente entre sus llamas; sin embargo, sólo pudo llevarse el cuerpo, porque el corazón quedó a los pies de la virgen. El dios, enfurecido, cubrió el cuerpo de ambos con nieves que nunca podrían derretirse.

Así, el tiempo que todo lo borra ha respetado el cuerpo de Iztaccíhuatl, la virgen blanca, convirtiéndola en una montaña de difícil acceso para el hombre, y ha conservado el corazón de Popocatépetl, en el que jamás se va a apagar el fuego del amor eterno.

Otra hermosa leyenda de nuestros volcanes

❖❖❖

Los mexicas inventaron otra leyenda para honrar a los dos volcanes que cuidan el Valle de México. Dicen que Iztaccíhuatl era una joven princesa y Popocatépetl un guerrero muy valiente que estaba enamorado de ella. Sin embargo, nunca faltaban los envidiosos y los que no veían con buenos ojos el amor de la pareja. El padre de la joven no quería a Popocatépetl porque no era noble.

Sabiendo esto el joven decidió que debía probar su valor y marcharse a la guerra. Así, después de volver triunfante, la familia de la princesa lo aceptaría.

Una noche, los enamorados se despidieron haciéndose promesas de amor eterno.

Tercera parte

Popo prometió a Izta que pronto tendría noticias de él y se marchó a las Guerras Floridas.

Iztaccíhuatl no se imaginó que su padre le había dado dinero a un compañero de armas del joven, para que trajera la noticia de que Popocatépetl había muerto en combate. Tal vez así, muerto su amado, la joven accedería a casarse con el pretendiente que era del agrado de sus padres.

Una hermosa mañana, la princesa recibió la noticia de que su amado había perecido en combate. Dicen algunos que la joven murió de pena, y otros, que se quitó la vida.

Arrepentido, su padre resolvió depositarla en lo alto de una montaña. Días después, Popocatépetl llegó triunfante en busca de su amada y se enteró de la triste nueva. Pesaroso, el padre de Izta le contó todo. El joven, abrumado por su dolor, sólo pidió que lo llevaran hasta donde yacía el cuerpo de su amada y rogó, como último favor, que lo dejaran a solas con ella.

Iztaccíhuatl yacía como dormida, y Popocatépetl, deseoso de quedarse junto a ella, se sentó a sus pies para cuidarla por toda la eternidad.

Huitzilopochtli, conmovido por este amor inmortal, convirtió a ambos en piedra y los bañó con una lluvia de nieve. Así, Ellos se convertirían en los guardianes de la gran Tenochtitlan.

La leyenda de la flor de vara o "tulipán" mexicano
✾✾✾

México, nuestro país, ocupa un lugar privilegiado sobre la superficie de la tierra. Su clima cálido, las lluvias, la vegetación y la gran variedad de animales que aquí han nacido lo hacen ser único. Es por ello que cuando los europeos arribaron a nuestras tierras, se quedaron gratamente sorprendidos. En nuestro país hay una clase de flor, similar al tulipán, conocida como "flor de vara" o tlacahxóchitl que florece bajo los cálidos rayos del sol. Existen varias hermosas leyendas acerca de su nacimiento. Muchas de ellas tienen como tema principal el amor. Te gustará conocer ésta.

El joven heredero de Tenochtitlan, el príncipe Atótotl (pájaro de agua) había salido de

cacería tan temprano, que el dios del sol de la mañana, Tonatiuh, aún no se perfilaba el horizonte. Se dirigía con sus sirvientes hacia las orillas del Lago de Chapultepec, en territorio chalca. Iba a cazar a un ocelote que —según le habían dicho— llegaba muy de madrugada a beber de sus aguas a un lugar del lago.

No bien arribaron, se escondieron entre los árboles, para no asustarlo. La espera no habría de durar mucho. Ya amanecía.

No habían pasado unos minutos cuando escucharon una hermosa voz que cantaba un canto sagrado en honor del dios Tonatiuh. Tanta era la dulzura del canto que el príncipe y sus sirvientes se acercaron, sin hacer ruido, al lugar de dónde provenía el mismo. Y cuál no fue su sorpresa al divisar a una hermosa jovencita que, ataviada con la vestimenta tradicional de las sacerdotisas del sol, no sólo estaba cantando, sino que danzaba al mismo tiempo.

El joven señor se sintió inmediatamente atraído por la singular joven, que no era otra que la hermosa doncella Tlacahxóchitl, la más joven de las vírgenes sagradas del sol.

Sin pensar en el tamaño del sacrilegio, el príncipe Atótotl se acercó a ella y tomándola en sus brazos, le declaró su amor. La joven, aterrorizada, sólo repetía:

—Dejadme señor. Yo pertenezco de por vida a mi señor Tonatiuh, él es mi único amor. Soltadme.

Pero el enamorado, ciego a sus reclamos, la cargó en sus brazos, secuestrándola y llevándola al palacio. La joven doncella se desmayó y no despertó sino muchas horas después.

Se maravilló al encontrarse en la más lujosa recámara del Palacio Real de la Gran Tenochtitlan, donde le fueron servidos deliciosos platillos: cazuelas de guajolote en pipián, pescado envuelto en hojas de acuyo, humeantes tortillas azules, tamales y espumoso chocolate.

Pese a los regalos, la doncella se negó a probar bocado, pues sabía que el sacrilegio no había sido cometido por ella, sino por el orgulloso príncipe.

Muchas veces se presentó ante ella el príncipe Atótotl, le ofrecía riquezas y poder, todo a cambio de su amor. Pero Tlacahxóchitl no quería escucharlo; siempre respondía con las mismas palabras:

Tercera parte

—Déjame ir, príncipe de Tenochtitlan. No puedo casarme contigo. Mi único amor es el dios Tonatiuh, a quien fui consagrada desde niña.

Estas palabras, en lugar de hacer entrar en razón al joven, lo enfurecieron aún más. Encolerizado, le dijo:

—Pues si tanto amas a tu sol, nunca más lo volverás a ver.

Y dio órdenes de que oscurecieran la habitación, tapiando los ventanales de alabastro. Sólo quedó la iluminación de las antorchas. El resto eran penumbras, como si de repente, hubiera llegado la más negra noche. Nuestra heroína lloró y lloró, hasta que se le secaron los ojos. ¿Es que jamás volvería a ver a su único amor?

Y así pasaron dos días. Se negó a comer y beber y enormes ojeras azuladas aparecieron alrededor de sus hermosos ojos. Su cuerpo adelgazaba, mientras perdía las energías. Sólo quería estar recostada, llorando e implorando por ayuda a su amado Tonatiuh.

Finalmente, en la mañana del tercer día, el loco enamorado, convencido de que la doncella habría cambiado de opinión, ordenó que destaparan las ventanas y apagaran las teas. La joven se incorporó de su lecho y acercándose a una de las ventanas, recibió el abrazo cálido de los rayos del sol de la mañana. Su único amor, Tonatiuh, no la había abandonado. Así la encontró Atótotl. Y se lanzó a tomarla entre sus brazos.

Nunca sería de él. La joven, envuelta en un halo mágico de luz, desapareció lentamente. En su lugar, se erguía una hermosa flor. Una flor que siempre busca al sol y que sólo abre sus pétalos cuando éste le brinda sus caricias: la hermosa flor de vara o "tulipán mexicano".

La flor del alcatraz

✳✳✳

Uno de los regalos que los aztecas han hecho al mundo es el de la flor del alcatraz. De largo tallo verde, elegante y pálida, esta flor fue inmortalizada por el pintor Diego Rivera en muchos de sus cuadros y murales. En el estado de Michoacán, son famosos los muebles que hacen los artesanos del pueblo de Erongarícuaro: mesas, sillas, cabeceras y alacenas están talladas con motivos florales que representan el alcatraz. Esos muebles se exportan al mundo entero. Y allá van las flores de madera, para que los que están lejos recuerden esta hermosa leyenda que nos habla de la importancia de ser bondadosos y pacíficos.

Tercera parte

Porque así era el joven príncipe Atliztaxóchitl –flor blanca–, quien estaba destinado a reinar cuando muriera su padre, el gran soberano guerrero Anacui.

El príncipe gustaba de pasear por las orillas de lagos y ríos, contemplando a su paso el correr de las aguas, el andar de los animales y las plantas y flores. Era un ser tranquilo, y como se sabía el heredero de un trono, pasaba por un momento muy difícil: ser rey significaba hacer la guerra a sus enemigos, traer prisioneros, matar, derramar sangre. Entonces eran las actividades preferidas por su padre y su hermano segundo, el cruel Aquiauhtzín –el que abre el agua–. El joven príncipe Atliztaxóchitl era diferente.

Esa mañana había tenido por esta causa una terrible discusión con su padre y su hermano:

—Jamás, jamás, ¿me oyen? Jamás volveré a pelear. Detesto la sangre, la muerte, la guerra. Padre —imploró—, no me hagas volver... te lo suplico.

Con un gesto de desprecio, su padre lo echó del palacio, no sin antes decirle:

—Eres la vergüenza de mi familia y de todo el imperio. Vete de mi vista y no regreses hasta que se me haya pasado el enojo.

Triste, Atliztaxóchitl se alejó caminando, sin darse cuenta de que la casa de su padre se quedó muy atrás.

Sin saber qué hacer, elevó sus ruegos a la diosa Atlatonán, la señora de las aguas. Y ante su asombro, se abrió una pequeña gruta entre la espesura de la selva, mientras una dulce voz le decía:

—Entra, no tengas miedo, descansa. Aquí hallarás la paz.

La gruta era un lugar mágico, gobernado por el dios Achane –el señor de la morada bajo el agua– y habitado por la pequeña gente que sirve a los dioses: los sochimanques –genios de las flores–, la Apozomatlatl –flor de la espuma– y los tepepanme –los genios de las montañas–. Era un mundo de chaneques y tlaloques, de gente diminuta y mágica.

El príncipe pasó allí varios días, cuidado y alimentado por ellos, que conocían su buen corazón.

¡Ay!, ¿por qué será que la paz nunca dura lo suficiente?

Una tarde llegó a la cueva el inquieto chupamirto o colibrí a anunciar que el sanguinario hermano del huésped había salido en su busca, decidido a matarlo, para ocupar él el trono.

Atliztaxóchitl corrió a postrarse ante el señor Achane. No deseaba morir, pero tampoco quería matar a su hermano.

¿Qué hacer? ¿Qué hacer? Era la pregunta que se hacían los habitantes de la gruta. Decidieron recurrir a la señora de las aguas, la gran Atlatónan. Y ella tuvo la solución al problema.

—No temas —le dijo al joven—. Desapareceré tu forma humana y tomarás una nueva, que será admirada y querida por muchos.

Y así fue. Le dieron de beber al joven el elíxir del sueño y la diosa dejó caer sobre él un manto de húmedo rocío. Cuando éste se disipó, en lugar del buen príncipe había una hermosa flor blanca, húmeda de rocío, pero alta y orgullosa, que abría su corola al contacto del agua.

Así fue como nació el alcatraz, la más mexicana de las flores.

La leyenda del cempasúchil
❋❋❋

Cuando se acerca el dos de noviembre, las casas de los mexicanos se llenan de flores de color naranja con las que se recuerda a los que ya no están con nosotros. ¿Te has puesto a pensar en qué sería de nuestro famoso Día de Muertos sin la presencia radiante de la flor de cempasúchil?

Claro, esta flor no sólo sirve para adornar altares, también tiene otros usos: se puede comer, y de sus pétalos se extrae una tintura amarilla con la que se tiñen las naranjas que compras en el mercado y, ¡a que no adivinas!, también, ¡los pollos! Así es. Originalmente los pollos que nos comemos no tienen ese bonito tono amarillo, sino que son pálidos y rosas. ¿Cómo la ves?

Y ahora que aprendiste sus otros usos, te contaré la leyenda mexica sobre el origen de la flor de cempasúchil.

Se cuenta que un hombre llamado Coyoyomatl –tomate coyote– recibió de su hijo la noticia de que había decidido tomar por esposa a la bella Cozauhquixóchitl, que quiere decir "flor amarilla". Como era una joven bella y virtuosa, todos los parientes del muchacho estuvieron de acuerdo con la elección.

Ella había recibido una exquisita educación. Conocía los deberes de la mujer en el hogar y también sabía rezar y cantar a los dioses. Sabía cocinar deliciosos platillos, diseñaba bordados para los sacerdotes, y nadie la superaba en hacer las exquisitas tortillas.

Cozauhquixóchitl también estaba enamorada del hijo de Coyoyomatl, el joven Atlanquautli, cuyo nombre significa "águila del agua".

Todo parecía perfecto para que se celebrase la boda, no obstante, algo vendría a contrariar sus planes. El padre de la joven, ambicioso y duro de corazón, tenía pensado para su hija a otro esposo, Acocoxóchitl –flor de pino, bellota– que pertenecía a la nobleza.

Al enterarse, los jóvenes no desfallecieron ante la mala noticia. Atlanquautli resolvió ir a la guerra para regresar victorioso y así agradar al padre de su amada. Partió casi de inmediato, dejando a su enamorada inmersa en un mar de tristeza y negros presagios.

El joven guerrero, antes de marcharse, se dirigió al templo y ante el altar de su dios elevó esta oración:

—Mi dios Tonatiuh, tú que todo lo oyes. Si no regreso con vida, haz que mi novia no sea de nadie más.

Mientras el joven estaba en la guerra, se alistaban los preparativos de la boda de Cozauhquixóchitl con el elegido por su padre. La joven desesperaba, contando los días que faltaban para el regreso de su amado. Pero éste nunca volvió.

Cuando no lo vio aparecer junto a los guerreros vencedores que regresaban, la doncella estalló en llanto. Sus lágrimas y sus gritos de dolor llegaron hasta la morada del dios Tonatiuh, donde estaba también su amado, convertido ahora en un guerrero del sol.

Al ver la tristeza de la joven, Atlanquautli le pidió al dios que le permitiera bajar a la tierra para consolar a su amada, petición que le fue aceptada.

Mientras tanto, Cozauhquixóchitl también le pedía a los dioses que la libraran de esa boda obligada, les decía que antes de entregarse a otro hombre prefería morir o convertirse en un pájaro o en una flor. Y así fue. Cuando llegaron a su casa a buscarla para llevarla a su boda, la joven había desaparecido.

Muy cerca, en el monte, descubrieron una flor desconocida, de brillante color amarillo que parecía toda de oro... Cuál no sería su sorpresa cuando en el momento de querer cortarla para ofrecerla a los dioses, Atlanquautli, en forma de pájaro divino, se posó sobre ella y dejó caer unas gotas de agua de su pico. Al contacto con el líquido, la flor se abrió en un sinfín de pétalos, por lo cual fue llamada Macuilxóchitl o Cempoalxóchitl, que significa "la de los veinte pétalos" y que es a la que hoy conocemos como cempasúchil.

La mitología azteca fue rica y variada
❖❖❖

Como la mitología de muchos otros pueblos de la antigüedad, la mitología azteca se conformó por un conjunto de alegorías y creencias propias de los mexicas, pueblo de origen nahoa y de carácter nómada que venció y reemplazó a otros pueblos de ese mismo origen, como los xochimilcas y los toltecas. Los aztecas tomaron de los pueblos vencidos algunos dioses, las creencias y los cultos, añadiéndoles, claro está, su filosofía de la vida.

Un ejemplo es Tláloc, el dios azteca del agua o de la lluvia. Tláloc, en la mitología azteca, es el dios de la lluvia, el señor del rayo, del trueno, del relámpago y el que hace fluir los manantiales de las montañas. Las carac-

terísticas de este dios son muy semejantes a las del dios Chaac de la mitología maya, de donde fue tomado. Lo mismo sucedió con otros dioses.

En una cultura campesina y agrícola como la azteca, el dios Tláloc era tan importante como Huitzilopochtli, el dios de la guerra y del sol, pues ambos, sol y lluvia, eran necesarios para la producción y fertilización de los campos. Tláloc era temido por su cólera porque causaba la muerte por medio del rayo o del ahogamiento, aunque también era venerado por su generosidad, es decir, por la lluvia. Se le simbolizaba como un hombre con ojos grandes y redondos, de cuya boca salen a veces serpientes. Suele representarse con un sombrero en forma de abanico y siempre aparece junto a él un instrumento agrícola.

Él vive en el Tlalocan, lugar situado en las cimas de las montañas, junto a otros dioses menores o tlaloques, que son los encargados de repartir la lluvia. Tláloc suele estar acompañado también por los espíritus de los humanos a quienes ha producido la muerte, espíritus que moran eternamente en el paraíso, donde abundan las frutas y las verduras.

Cuarta parte

Historias de dioses, hombres y mucho más

Huitzilopchtli
❋❋❋

Huitzilopochtli, en la mitología y en la religión azteca, fue el dios de la guerra y del Sol. Según la leyenda, condujo a los aztecas durante su larga migración desde Aztlán, su mítica tierra natal, hacia el Valle de México. Su nombre proviene de las palabras *huitzilin,* que significa "colibrí", y de *opochtli,* que significa "zurdo"; es decir, huitzilopochtli es el "colobrí zurdo". Su madre, la diosa Coatlicue, lo concibió después de guardar en su pecho una bola de plumas de que los dioses dejaron caer desde el cielo.

Como dios Sol, Huitzilopochtli renacía cada mañana del vientre de Coatlicue. También se creía que requería sangre y corazones humanos para alimentarse. Las víctimas de los

Cuarta parte

sacrificios que se le ofrecían incluían prisioneros de guerra y guerreros que hubieran muerto en batalla; después de su muerte y sacrificio, esos guerreros formaban parte del brillo del sol hasta que, después de cuatro años, encarnaban permanentemente en cuerpos de colibríes.

Huitzilopochtli era el dios más poderoso, más temido y odiado por los enemigos de los aztecas. Se le representaba habitualmente como a un colibrí o como un guerrero cubierto con una armadura de plumas de colibrí. El templo construido en su honor en Tenochtitlan –en el sitio de la actual Ciudad de México– fue una obra arquitectónica muy destacada en la América precolombina.

Los atributos principales de Huitzilopochtli eran: un yelmo en forma de cabeza de colibrí con un plumaje riquísimo; en una mano lleva una serpiente de turquesa o de fuego llamada Xiuhcóatl, su arma mágica, y en la otra un escudo con cinco adornos de pluma. Una bandera ritual de papel complementa estos atributos.

Quetzalcóatl

❊❊❊

Quetzalcóatl fue tanto un dios tolteca como azteca, y también fue un soberano legendario del México antiguo, es decir, fue un hombre y fue un dios.

Habitualmente se le ha identificado como la Serpiente Emplumada, traducción de su nombre náhuatl; sin embargo, ya los mayas lo conocían muchos siglos atrás, llamándolo Kukulkán.

Quetzalcóatl representaba el ciclo del maíz. Para que comprendas, imagina cómo nace, crece y se reproduce el maíz. Por ejemplo, las semillas son enterradas en la tierra o sembradas; cuando esto sucede, el dios

Cuarta parte

Quetzalcóatl baja al inframundo y, con ayuda de las hormigas, se roba el maíz que será el alimento de los hombres. Luego, como Quetzalcóatl también es una divinidad vinculada a la estrella matutina y vespertina, Venus, los aztecas lo concibieron como un símbolo de la muerte y la resurrección. Así cuando cada primavera el maíz recién sembrado volvía a germinar, coincidiendo con las fases del planeta Venus, pensaban que la serpiente había dejado su piel reseca y que, ahora, renovada, crecía.

La divinidad opuesta, dentro del dualismo de la religión tolteca, era Tezcatlipoca, dios de la noche, del cielo nocturno. Se creía que éste había vencido y expulsado a Quetzalcóatl desde su capital, Tula, al exilio, de donde, según la profecía, regresaría. vendría por donde nace el Sol, como un personaje barbado y de piel blanca. Fue por eso que cuando el conquistador español Hernán Cortés apareció en 1519, el rey azteca, Moctezuma II, se abstuvo de enfrentarse al conquistador español a quien tomó por Quetzalcóatl.

Ahora bien, se cuenta que Quetzalcóatl fue hijo de una mujer virgen llamada Chimalma y del Rey-Dios Mixtocóatl, monarca de Tollán. Chimalma, avergonzada por haber dado a luz sin un matrimonio previo, puso en una cesta al niño y lo arrojó al río. Unos ancianos lo hallaron y lo criaron, por lo que llegó a ser un hombre sabio y culto que, al regresar a Tollán, se hizo cargo del gobierno. Su reinado fue ejemplar, tanto, que al morir lo convirtieron en un dios.

Así volvemos a lo mismo: Quetzalcóatl hombre, Quetzalcóalt dios, una amalgama que también tienen otras religiones: el Dragón Luminoso de los náhuatl es el mismo dios o uno muy similar, al Harpócrates de los egipcios; el Kundalini de los hindúes se asemeja a la serpiente Quetzalcóatl de los aztecas; mientras que el fuego del Espíritu Santo, la serpiente ígnea de los mágicos poderes espirituales del cristianismo, es una serpiente que pasa a ser devorada por el águila y se convierte en una Serpiente Emplumada.

Hay mucho por conocer sobre Quetzalcóatl, así que te recomiendo que continúes la investigación, maestros como Enrique Florescano, Román Piña Chan o Miguel León Portilla le han dedicado buena parte de su vida a investigar acerca de nuestro pasado. Tal vez te interesará convertirte, cuando seas más grande, en un famoso investigador como ellos. Nunca se sabe.

Escrito en un Códice
❋❋❋

Una de las contribuciones más importantes que hicieron los aztecas al mundo fue su medicina herbolaria. Cuando los españoles llegaron a estas tierras, vieron con asombro como los *ticitl* –médicos aztecas– podían curar y prevenir muchas enfermedades. Ellos sabían de qué hojas, flores, raíces, frutos y animales se podían extraer medicinas.

Muchos españoles se dieron a la tarea de escribir acerca de esos remedios y de todo lo que veían. Se les llama cronistas, y uno de los más famosos fue Bernal Díaz del Castillo.

Cuarta parte

Bernal Díaz del Castillo era un hombre muy curioso a quien le gustaba pasear mucho. Uno de sus paseos favoritos consistía en ir al mercado y fijarse en todo lo que allí se encontraba para luego describirlo: "... Había muchos herbolarios... Hay una calle de herbolarios, donde hay todas las raíces y yerbas medicinales que en la tierra se hallan... hay casas como de boticarios donde se venden las medicinas hechas, así potables como ungüentos y emplastos." ¿No te parece estupendo?

Los aztecas llamaban a los farmacéuticos *panamacani*. Y, ¿sabes cuántas plantas usaban para curar? Se cree que cerca de unas ¡tres mil!

Esto lo sabemos gracias al trabajo de recopilación hecho en el siglo *XVI* por un médico llamado Francisco Hernández.

También lo sabemos porque en ese mismo siglo, un par de amigos se dieron a la tarea de escribir para qué servía cada una de las plantas medicinales. Estos amigos se llamaban Martín de la Cruz –un ticitl muy respetado– y Juan Badiano, quien hablaba náhuatl, español, y además, los sabía escribir muy bien.

Martín hablaba y Juan escribía. Martín contaba, por ejemplo, para qué se utilizaban las pencas del maguey, el humo del chile, el té de cola de tlacuache o el agua de cocimiento del nixtamal –¿tú ya lo sabes?–, y Juan escribía y escribía. Lo hacía sobre la delgada corteza del árbol del amate. Ese era su papel, y lo utilizaba tal como hoy tú utilizas tu cuaderno o libreta. Los manuscritos resultantes, claro, no se parecían en nada a los de ahora y se les llama Códices.

El resultado de los trabajos de Martín y Juan lleva el nombre de Códice Cruz Badiano y es gracias a él que hoy sabemos más de cómo se curaban nuestros antepasados.

Pero allí no termina la historia. El Códice Cruz Badiano fue llevado a España y luego a Italia, donde estuvo mucho tiempo en la biblioteca del Vaticano. Se fue en barco, pero hizo el regreso de una forma más cómoda: en avión. Volvió a México en 1990, en la mano del papa Juan Pablo II. No fue un regalo, sino una devolución… que no es lo mismo.

¿Quieres conocer a Martín y a Juan? ¡Sí se puede!

Cuarta parte

Ve a la Plaza Central de Xochimilco, junto al kiosco, allí verás un monumento: es una columna con un libro. Si te acercas, verás que tiene escrito *"Codex Badianus"*, que junto a él hay una serpiente –el símbolo de la medicina– y que están las esculturas de los dos amigos. México no los olvida y les está eternamente agradecido.

Los regalos de los aztecas al mundo
❊❊❊

Los aztecas o mexicas hicieron grandes contribuciones o presentes a otras culturas del mundo. Cuando llegaron los españoles se sorprendieron no sólo del tamaño y belleza de las ciudades, sino también de cómo era nuestra civilización.

Una de las cosas que más les gustaron y adoptaron fue la cocina del México precolombino. Descubrieron que los antiguos mexicanos comían otras variedades de animales, vegetales y frutas. Por ejemplo, aquí no había cerdos ni vacas, pero los mexicas gustaban de guajolotes, armadillos, tepezcuintles, tuzas, muchas variedades de pescados e insectos. Además, todo lo preparaban de muy diversas

maneras. Ser cocinero era una gran tarea, y si eras el *chef* del Gran Tlatoani, el rey, pues mucho más, porque en un día se le preparaban hasta trescientos platillos diferentes a él y sus invitados.

Los aztecas inventaron toda clase de *mollis* –salsas– con cacao, chiles y tomates. Idearon no sólo los tamales, sino también la olla en que se cuecen, las *comitallis* o vaporeras. En ellas se inspiró el francés Caréme para hacer la olla exprés que hoy todos usan. Por cierto hay que decir que los españoles trajeron, entre otras muchas cosas, la manteca de cerdo, con la cual los tamales son mucho más sabrosos y esponjaditos. Así que hoy, para hacernos un tamalito, necesitamos de ambas contribuciones culturales.

Por otra parte, aunque en América no se conocía el azúcar –pues la caña fue traída de la India–, los mexicas usaban la miel de la abeja melipona como endulzante. Y vaya que eran deliciosas las palanquetas de amaranto y de cacahuate que hacían con ella. Sin hablar del espumoso cacao que servían aromatizado con vainilla en grandes jícaras. Dicen que cuando llegó a Europa, el chocolate no tuvo mucho éxito, hasta que los suizos, los franceses y los españoles aprendieron a fabricarlo, con azúcar y canela.

¿Y qué sería de una ida al cine sin las palomitas de maíz? Pues esas las inventaron también los mexicas, ya que consideraban "nuestro padre, el maíz" y aprendieron a elaborar muchas platillos: tortillas, antojitos, totopos, atoles, pinole, pozole, y todo lo que lleve masa de nixtamal y se te ocurra en este momento.

¿Y los frijoles en todas sus variedades?, hasta en sus vainas tiernas, es decir, los ejotes. La lista de los regalos de los aztecas al mundo es larga: jitomate y tomate, calabaza, cacao, nopales, maíz, chiles, aguacates, chayotes, zapotes, mameyes, papayas, guayabas, magueyes —de los cuales se extraen el pulque y el tequila—, chilacayotes, chía, el aromático copal, epazote, jícama, amaranto, achiote, acociles —pequeños cangrejos rojos del lago de Texcoco— y el delicioso pápalo, entre otras muchas variedades de plantas y animales que son criados y cultivados aquí.

Los platos de México han dado la vuelta al mundo y se considera que la nuestra es una de las mejores y más variadas cocinas del planeta.

Cuarta parte

Para que lo compruebes, dile a tus papás que te lleven a un gran tianguis en viernes o domingo: Chalco, Xochimilco, Texcoco, sólo por mencionar a algunos de los que fueron y son importantes en el mundo azteca. Verás como el tiempo casi no ha pasado por nuestra tierra. ¡Ah!, y no dejes de probar las especialidades de cada lugar. ¡Buen provecho!

Quinta parte

Vida cotidiana y algo más

Un día en la vida de un Pilzintli (niño pequeño azteca)
❃❃❃

Mi nacimiento no fue fácil. Me contó mi madre que tardé mucho en llegar al mundo, tanto, que la *ticime* –partera– tuvo que trabajar mucho en el cuerpo de mi madre. Primero la bañó en el *temascal* y luego le dio un té de cola de tlacuache para ayudarla a que yo naciera.

—¿Hiciste algo malo? —preguntó la ticime.

Pero mi madre recordó muy bien que –como dicen las costumbres de nosotros, los aztecas– no había mascado chicle durante el embarazo para que mis encías no fueran duras, tampoco durmió de día para que yo no naciera con los ojos hinchados, y no comió tierra, ni miró objetos rojos para que yo no naciera "atravesado".

Quinta parte

Bueno, finalmente nací ayudado por mis cuatro tías. La ticime cortó mi cordón umbilical con un cuchillo de obsidiana nuevo sobre una mazorca de maíz. Si hubiera nacido niña, habrían enterrado la placenta en casa, porque las mujeres son el corazón del hogar.

Mi padre se llama Huautli –amaranto– y es un pochteca o mercader. Por su oficio debe viajar mucho. Mi tía me contó que mis padres se habían conocido en la fiesta de la diosa Toci, en el mes de ochpaniztli –cuando se barre, el decimoprimer mes del año, que transcurría desde el 21 de agosto al 9 de septiembre–. Entonces era la fiesta de las ticime, de las parteras.

Fue amor a primera vista. Mi abuelo, Atl –agua–, vio con buenos ojos que un rico mercader escogiera a la más pequeña de sus hijas para casarse.

Cuando mi padre llegaba de sus viajes, nuestra casa –la mejor y más grande de nuestro calpulli o barrio– se llenaba de risas y cantos. Las mujeres cantaban en voz alta y mi padre nos contaba de sus aventuras por todo el Imperio. Sin embargo, mis historias favoritas eran las de mi nana, pues hablaban del nacimiento de los días y las noches, y del gran dios; nuestro padre, el creador, Huitzilopochtli.

Poco a poco fui aprendiendo algo bien difícil: a llevar la cuenta de los días. ¿Y saben por qué lo hacía? Porque había un día de la semana que yo esperaba con ansiedad. ¿Quieren que les cuente cómo era? Empezaba así:

—¡Tochtli, levántate, ya es hora! —me decía mi tía Xalatl, cuyo nombre significa "agua que brota a través de la arena".

Al levantarme me lavaba la cara en un gran jícaro, me calzaba los huaraches, me vestía con lo primero que encontraba, a veces con un calzón de manta, y otras con algo más abrigado. Me sentaba entonces en la puerta a esperar. Era el gran día: el día del tianguis. Porque lo que más me gustaba era ir con mi padre y las mujeres de mi familia al tianguis de Tlatelolco, la otra ciudad cercana a la mía.

Pero, ¿aún no les he hablado de la ciudad en que vivo, verdad? Es la más grande y hermosa del mundo, se llama Tenochtitlan. Aquí vivieron mis antepasados: los abuelos de mis abuelos. En ella, la mañana del segundo día de la semana es *mi* mañana. Nadie en mi familia desayuna, porque lo hacemos en el tianguis.

Quinta parte

En las ciudades pequeñas el mercado se hace cada cuatro días, pero aquí, en el corazón del Imperio, es de todos los días. El tianguis se levanta por la mañana y debe recogerse al llegar la noche. Los puestos no son fijos, pero se respeta la ubicación de las calles en las que se venden los diferentes productos.

Alfareros, amantecas (artesanos que trabajan con las plumas), vendedores de animales, tlacuilos, vendedores de verduras, frutas, frijoles, chiles, nopales, hierbas de olor, tallas en madera, ¡hay de todo!

El camino es largo, pero el viaje en rebozo me encanta. Sé que me cargarán así hasta los seis años, mientras sea un pilzintli –niño pequeño–. Mi padre tiene una hermosa trajinera que se desliza por los canales. Me gusta estar junto a él y ver el majestuoso aspecto de nuestra ciudad acariciada por los rayos de Tonatiuh, el Sol Naciente.

Mi padre me señala a los sacerdotes que suben y bajan las gradas del gran Templo Mayor y a la gente que camina por toda la Gran Plaza. Las pirámides del centro de nuestra ciudad no dejan de despertar mi admiración: se necesitaron muchas piedras y muchos hombres para hacer estos grandes templos. Mi favorita es la del gran palacio donde vive nuestro Gran Tlatoani.

No bien desembarcamos en el canal más cercano al tianguis, lo primero que hacemos es desayunar, pues para entonces ¡ya hace hambre!

A mí me gustan el atole y los tamales. Los como sentado en un petate, junto a una fila de grandes *comitallis* –vaporeras– tapadas con mantas y hojas que echan nubes de aromático humo. Mi padre siempre desayuna lo mismo: pescado del lago, envuelto en hojas de acuyo.

Luego de desayunar, acompaño a mi padre o a mis tías por las diferentes secciones del mercado. Como mi padre es un pochteca importante, los marchantes que lo conocen y platican con él me regalan algún pedazo de huautli –alegría–, un trozo de panal, algún totopo o un pedazo de chicle llegado de los confines de las tierras mayas. Mientras mi madre y mi padre eligen los guajolotes, tuzas, escamoles y tepezcuintles para la comida de la semana, me dan permiso de vagabundear.

Quinta parte

Todo se vende por dos o tres docenas de granos de cacao, según su valor.

—¡Al ladrón, al ladrón! —escucho gritar a uno de los amantecas, que son artesanos que trabajan con las plumas de las aves y llegan de tierra de los purépecha.

Algunos guerreros salen tras de un hombre que echó a correr con un puñado de plumas de quetzal en las manos. Había sucedido algo que –según me contó mi padre– por estos días era bastante habitual: se descubrió la manera de hacer dinero falso. El procedimiento consiste en ahuecar los granos de cacao para llenarlos de lodo, pero los marchantes últimamente han aprendido a morder los negros granos y, por eso, descubren cuando alguien está robando.

Yo no tengo ese problema, porque aún no tengo edad para comprar y vender.

Esta temporada hay muchos patos de numerosas variedades en el mercado. Me contó mi padre que han llegado muchos al lago de Texcoco. Él mismo fue a cazarlos hace unos días. Lo hizo de la manera más conocida, arrojando calabazas vacías al lago, cerca de donde éstos nadan. Luego de esperar a que los patos se acostumbren a las calabazas vacías, mi padre mete su cabeza en una grande y se interna en el agua, sumergiendo todo su cuerpo. En su calabaza ha hecho dos hoyos para ver a cerca de las aves y escoger la mejor. Una vez cerca de ellas, toma al animal de las patas y lo sumerge tan rápidamente que los demás no se dan cuenta. Siempre tiene mucho éxito. Tanto, que ha prometido llevarme con él en cuanto tenga edad para ir al *calmécac*, a nuestra escuela.

Yo quiero ser un tlacuilo o escriba, porque quiero escribir muchos códices y ayudar a mi padre a llevar sus cuentas.

—Debes comenzar primero por aprender la cuenta de los días —me dice mi padre.

Me habla del *tonalpohualli* y del calendario solar. Al principio me fue difícil aprender a calcular el paso de los días y sus diferentes nombres. Del primero, aprendí los veinte nombres de los días del mes azteca, que además se combinaban con los números del uno al 13. Cada vez que terminaba la serie de números, había que volver a empezar, de acuerdo también con la lista de los días. Así, por espacio de 260 días. Todos los aprendí.

Quinta parte

1–Ciplactli (cocodrilo), 2–Ehécatl (viento), 3–Calli (casa), 4–Cuetzpallin (lagartija), 5–Coátl (serpiente), 6–Miquitzli (cabeza de muerto), 7–Mazátl (venado), 8–Tochtli (conejo)... aquí estaba yo... y así hasta quedarme dormido.

Pero lo que más me gustaba era descifrar la Piedra del Sol y los cuatro signos Casa, Conejo, Caña y Pedernal, los cuatro nombres. Sólo con ellos pueden comenzar los nuevos años. Pero no es fácil. Cuando finalmente lo logré, un extraño sentimiento se apoderó de mí. Tuve la sensación de que compartía la sabiduría de mis antepasados y la de los antepasados de mis antepasados. Me sentí pertenecer a otra raza de mexicas, como si entender el tiempo significara volver a la legendaria Aztlán, el lugar de las garzas y las cuevas, a la época en que fuimos únicos y poderosos.

COLECCIÓN LITERATURA INFANTIL

Aztecas para niños, Los/ cuentos y leyendas de ciudades y animales
Canasta de fábulas en verso
Cuéntame que te cuento
Cuentos clásicos de hadas
Cuentos clásicos en verso
Cuentos de ángeles para niños
Cuentos de Navidad para niños
Cuentos del abuelo
Cuentos del país de los duendes
Cuentos fantásticos de la selva
Cuentos mágicos para niños
Cuentos medievales
Cuentos para antes de dormir
Cuentos para compartir
Cuentos tenebrosos
Cuentos para niños buenos
Fabulosas fábulas
Galería de criaturas fantásticas
Historias de piratas para niños
Historias de vaqueros para niños
Leyendas de horror
Mayas para niños, Los
Mejores fábulas para niños
Mil y una noches, Las
Mitología de América para niños
Mitología Egipcia para niños
Mitología fantástica para niños
Mitología maravillosa para niños
Poesía para niños
Poesía para niños II

COLECCIONES

Belleza
Negocios
Superación personal
Salud
Familia
Literatura infantil
Literatura juvenil
Ciencia para niños
Con los pelos de punta
Pequeños valientes
¡Que la fuerza te acompañe!
Juegos y acertijos
Manualidades
Cultural
Medicina alternativa
Clásicos para niños
Computación
Didáctica
New Age
Esoterismo
Historia para niños
Humorismo
Interés general
Compendios de bolsillo
Cocina
Inspiracional
Ajedrez
Pokémon
B. Traven
Disney pasatiempos

Esta edición se imprimió en Septiembre de 2010: Impre Imagen
José María Morelos y Pavón Mz 5 Lt 1 Ecatepec Edo de México.

DOBLAR Y PEGAR

SU OPINIÓN CUENTA

Nombre ....

Dirección ....

Calle y número ....

Teléfono ....

Correo electrónico ....

Colonia .... Delegación ....

C.P .... Ciudad/Municipio ....

Estado .... País ....

Ocupación .... Edad ....

Lugar de compra ....

Temas de interés:

- *Negocios*
- *Superación personal*
- *Motivación*
- *New Age*
- *Esoterismo*
- *Salud*
- *Belleza*
- *Familia*
- *Psicología infantil*
- *Pareja*
- *Cocina*
- *Literatura infantil*
- *Literatura juvenil*
- *Cuento*
- *Novela*
- *Ciencia para niños*
- *Didáctica*
- *Juegos y acertijos*
- *Manualidades*
- *Humorismo*
- *Interés general*
- *Otros*

¿Cómo se enteró de la existencia del libro?

- *Punto de venta*
- *Recomendación*
- *Periódico*
- *Revista*
- *Radio*
- *Televisión*

Otros ....

Sugerencias ....

Los aztecas para niños/ cuentos y leyendas de ciudades y animales

| RESPUESTAS A PROMOCIONES CULTURALES (ADMINISTRACIÓN) SOLAMENTE SERVICIO NACIONAL | CORRESPONDENCIA RP09-0323 AUTORIZADO POR SEPOMEX |

EL PORTE SERÁ PAGADO:

Selector S.A. de C.V.
Administración de correos No. 7
Código Postal 06720, México D.F.